DINOSSAUROS

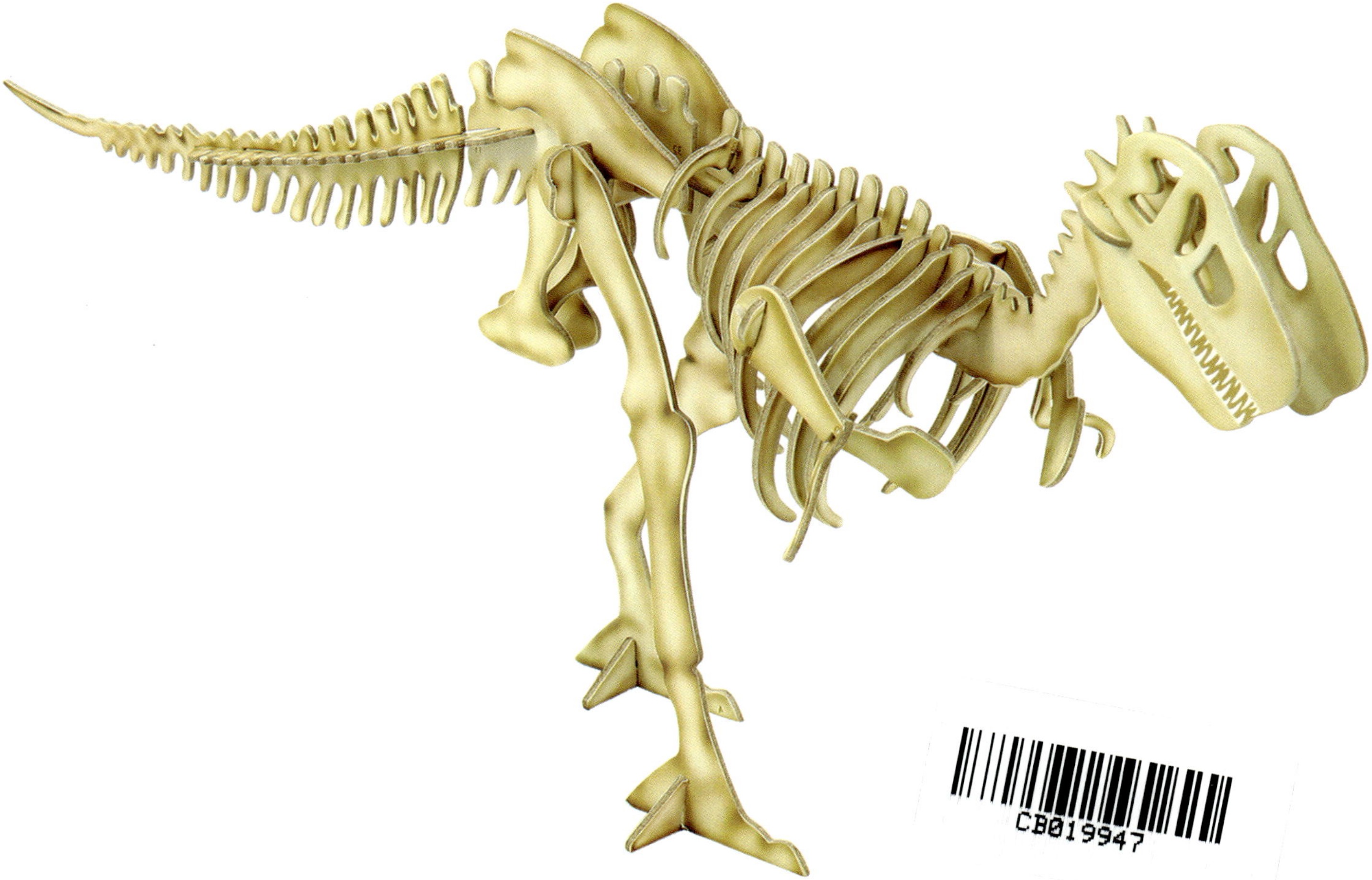

Catapulta junior

LAGARTOS TERRÍVEIS

Os dinossauros estão entre as criaturas mais incríveis que já caminharam sobre a Terra, e muitos deles tinham uma aparência muito estranha mesmo. Uns tinham espinhos, outros tinham folhos (tipo um babado) e outros ainda tinham cristas.

O que eram os dinossauros?

Os dinossauros faziam parte de um grande grupo de répteis que surgiram na Terra há cerca de 231 milhões de anos. Os cientistas chamaram esse grupo "arcossauros", o que significa "lagartos dominantes". Desde que os primeiros restos foram descobertos, os seres humanos têm fascinação por esses lagartos magníficos. Os restos mortais de pelo menos mil diferentes tipos de dinossauro foram encontrados e nomeados, e provavelmente existam centenas de outros ainda a ser descobertos. No entanto, nem sempre os cientistas encontram esqueletos completos de dinossauros, por isso é provável que alguns classificados como duas espécies diferentes sejam, na verdade, da mesma espécie!

Os pterossauros eram répteis voadores que pertenciam ao grupo dos arcossauros.

"Dinossauro" vem do grego, "lagarto terrível".

O nome "DINOSSAURO"

Os cientistas costumam usar palavras em grego ou latim para descrever novas descobertas. Quando os primeiros fósseis de dinossauro foram encontrados, pensava-se que pertenciam a grandes lagartos. A palavra "dinossauro" foi escolhida para descrever essas novas criaturas. Ela vem do grego, "lagarto terrível".

Ao contrário dos dinossauros, as patas da maioria dos répteis saem da lateral do corpo.

Feitos para ser grandes

As patas dos dinossauros, diferente de outros répteis, cresciam diretamente abaixo do corpo, e não para os lados. Isso significava que eram mais capazes de suportar o peso do corpo, e assim, podiam andar e correr com mais facilidade.

Outros répteis

Assim como os dinossauros, havia outros tipos de répteis no grupo dos arcossauros: répteis voadores chamados pterossauros e crocodilos bem parecidos aos que vemos hoje.

Formato do corpo

Dos carnívoros (comedores de carne) que andavam sobre duas patas, até os herbívoros (comedores de plantas) que na maioria andava sobre as quatro patas, os dinossauros apresentavam muitas formas e tamanhos diferentes. Alguns eram bem pequenos, do tamanho de uma galinha, ao passo que outros eram tão grandes quanto um ônibus, ou até mesmo uma casa!

VOCÊ SABIA?

Não existem dinossauros vivos na Terra hoje. Alguns filmes mostram dinossauros que lutam com seres humanos, mas isso é enganoso. Todos os dinossauros desapareceram há milhões de anos, antes de existirem seres humanos.

A DETECÇÃO DE DINOSSAUROS

Quando um dinossauro morria, seus ossos e dentes acabavam enterrados na lama ou na areia. Após milhões de anos, acabaram se tornando fósseis, ou seja, pedras.

MUSEUS

Nos museus, os cientistas chamados paleontologistas juntam os ossos de volta para descobrir como era o dinossauro quando estava vivo.

FÓSSEIS E MAIS FÓSSEIS

Os cientistas encontram fósseis de outras plantas e animais também, e os estudam para descobrir que mais vivia com os dinossauros.

Procurando pistas

Os cientistas chamados paleontologistas estudam os fósseis de dinossauros. Aprendem sobre os dinossauros observando e montando os restos fossilizados. Eles os encontram em rochas e os guardam em museus.

Restos fossilizados

Os cientistas dividem os répteis em grupos, com base na forma de seus crânios. Os dinossauros pertenciam ao grupo de répteis chamado "diapsida". Os paleontologistas aprendem sobre os dinossauros escavando os fósseis e retirando-os da terra. Quando um animal morre, seus ossos, dentes e outras partes podem acabar enterrados e preservados.

Quando um dinossauro morria...   acabava enterrado na lama ou na areia...   sua carne apodrecia e seus ossos se tornavam fósseis.

Os fósseis perdidos

Em 1877, o colecionador de fósseis Benjamin Mudge fez escavações em rochas da era dos dinossauros no Colorado, EUA, em busca de fósseis. Ele encontrou vários ossos de cauda, de um animal que ele chamou de "alossauro", e depois disso, desistiu de cavar. Em 1884, outro colecionador foi até a mesma área e escavou um pouco mais fundo. Ele encontrou um esqueleto de alossauro inteiro. Mudge perdeu esse grande achado por mais ou menos cinco centímetros!

O alossauro, que significa "réptil estranho", recebeu esse nome devido à forma de seu crânio.

Quando eles viveram?

Os dinossauros viveram na era Mesozoica, que começou 252 milhões de anos atrás e terminou há cerca de 66 milhões de anos. A era Mesozoica se divide em três períodos: o Triássico, o Jurássico e o Cretáceo.

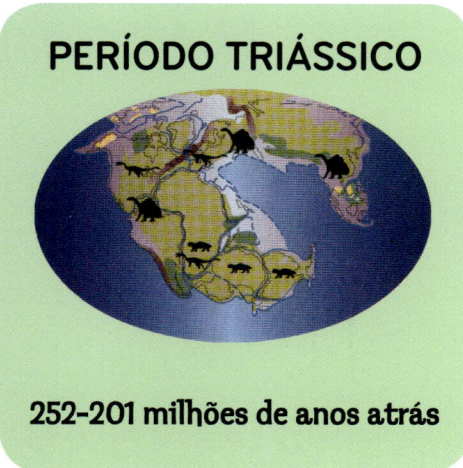

PERÍODO TRIÁSSICO
252-201 milhões de anos atrás

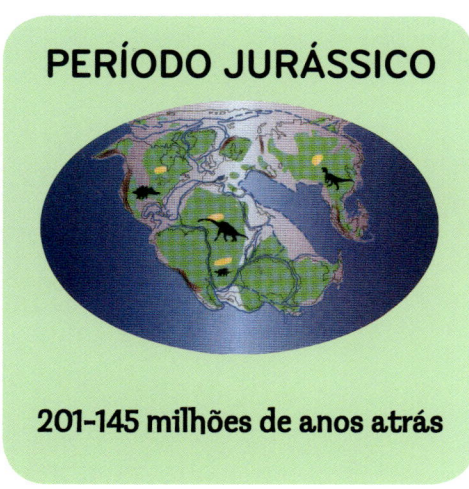

PERÍODO JURÁSSICO
201-145 milhões de anos atrás

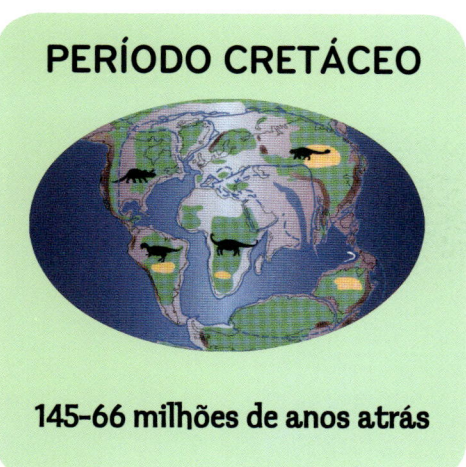

PERÍODO CRETÁCEO
145-66 milhões de anos atrás

HÁBITOS ALIMENTARES

Observando os dentes de um dinossauro, os cientistas podem descobrir que tipo de alimento eles comiam. Alguns dinossauros comiam carne, outros comiam plantas, e pelo menos um tipo de dinossauro comia peixes.

Rasgar ou triturar

Os predadores tinham dentes afiados para rasgar a carne, ao passo que os herbívoros muitas vezes tinham dentes bastante pequenos, sem corte, para triturar folhas.

Os carnívoros tinham dentes afiados.

O Baryonyx pegava e comia peixes.

Um dos maiores dentes de dinossauro já encontrados pertencia ao caçador gigante giganotossauro. O dente tinha mais de 25 centímetros de comprimento!

Este crânio fossilizado mostra os dentes afiados de um predador.

Dinossauro comedor de peixe

O Baryonyx tinha dentes longos e afiados, e os cientistas achavam que seriam perfeitos para capturar os peixes escorregadios. Quando um peixe fossilizado foi descoberto dentro de um Baryonyx, comprovou-se a teoria.

TOTALMENTE DESDENTADO!

Vários dinossauros eram totalmente desdentados! Os ornitomimossauros, palavra que significa "répteis imitadores de pássaros", pareciam os avestruzes de hoje.

O ornitomimossauro não tinha dentes.

ENGOLIDORES DE PEDRAS

As plantas são mais difíceis de digerir que a carne, por isso alguns dinossauros engoliam pedras, que amassavam sua comida dentro do estômago e a transformavam em mingau. isso facilitava a digestão.

Alguns dinossauros comiam pedras para ajudar na digestão.

Grande apetite

Os dinossauros herbívoros gigantes, como o braquiossauro, tinham que fazer grandes refeições para permanecer vivos. Isso pode explicar os cocôs gigantes fossilizados que foram encontrados!

Garras fortes e afiadas

A carne podia ser rasgada e digerida facilmente, mas primeiro tinha que ser caçada! Os dinossauros caçadores tinham garras fortes e afiadas, que usavam para atacar e matar suas presas.

Dinossauros caçadores tinham garras afiadas.

REPRODUÇÃO

Os cientistas não têm como observar os dinossauros em estado selvagem, por isso estudam os fósseis, as pegadas e outras evidências, que dão pistas de como os dinossauros viviam.

Ovos

Como os répteis modernos, os dinossauros punham ovos, mas de casca dura, como os de pássaros. Os bebês dinossauros cresciam dentro dos ovos até que ficassem grandes o suficiente para eclodir (sair do ovo) e sobreviver no mundo externo.

Ninhos

A maioria dos dinossauros depositava seus ovos em ninhos. Alguns enterravam seus ninhos para que os predadores não os encontrassem. Outros dinossauros ficavam perto de seus ninhos para proteger seus ovos.

Forma e tamanho

Os ovos maiores eram redondos e maiores que uma bola de futebol. Os ovos menores eram ovais e do tamanho de uma bola de golfe.

Os ovos de dinossauro variam do tamanho de uma bola de golfe ao de uma bola de futebol.

Provavelmente, alguns dinossauros empilhavam folhas, galhos ou vegetação apodrecida em cima dos ninhos, a fim de manter os ovos aquecidos.

Os dinossauros mantinham seus ninhos aquecidos com folhas, galhos ou vegetação apodrecida.

Comida de bebê

Alguns dinossauros herbívoros levavam comida para seus bebês no ninho. Os pais recolhiam folhas, e provavelmente as mastigavam primeiro para facilitar a digestão para seus filhotes.

Alguns bebês dinossauros tinham que cuidar de si mesmos.

Abandonados

Outros dinossauros abandonavam seus ovos após a postura, deixando seus filhotes à própria sorte. Os bebês dinossauros tinham que encontrar seu próprio alimento, talvez entre as plantas baixas e matas densas, onde podiam comer as folhas e se esconder do perigo.

VOCÊ SABIA?

Alguns dinossauros herbívoros viviam em grupos chamados manadas. Os dinossauros jovens ficavam no meio do grupo, e os adultos grandes protegiam seus filhotes dos predadores.

ÁRVORES GENEALÓGICAS

Todos os dinossauros pertenciam a um desses dois grupos seguintes, divididos de acordo com a forma de seus ossos do quadril. Dentro de cada grupo estão várias famílias de dinossauros, compostas por animais que compartilhavam características semelhantes.

Saurísquios

Os saurísquios eram dinossauros com quadril de lagarto. Isso significa que os ossos de seu quadril eram como os de um lagarto moderno. Todos os dinossauros carnívoros eram saurísquios. Como podemos ver abaixo, o ílio, o ísquio e o púbis se encontram no encaixe do quadril.

Ossos do quadril dos saurísquios

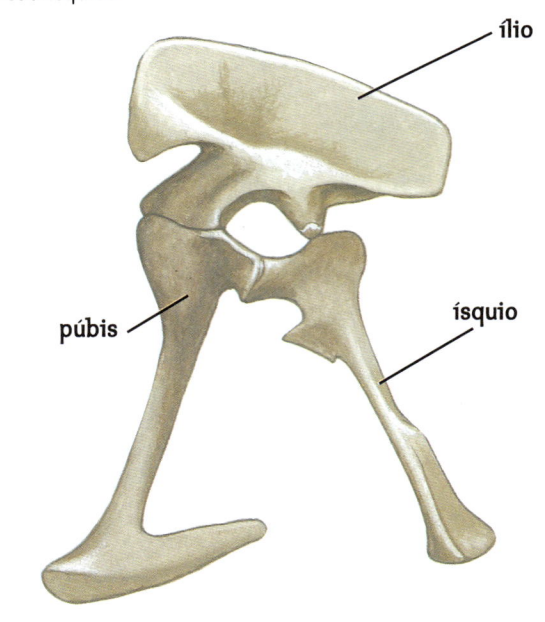

Ornitísquios

Os dinossauros ornitísquios tinham os ossos do quadril como os das aves modernas. Todos os ornitísquios eram herbívoros. Curiosamente, acredita-se que os pássaros evoluíram a partir dos saurísquios, e não dos ornitísquios!

Ossos do quadril dos ornitísquios

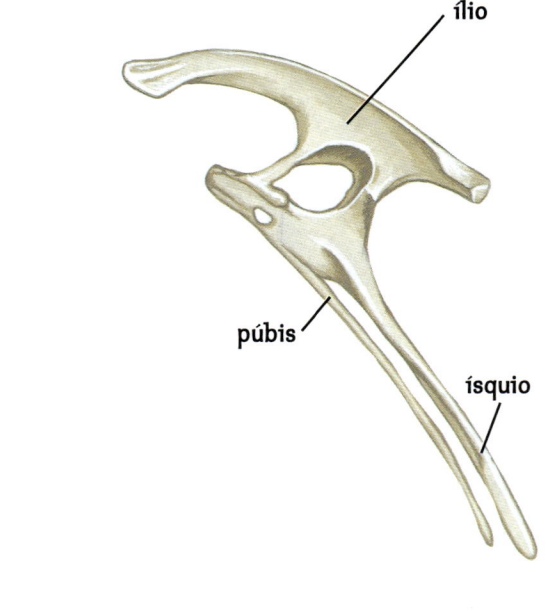

FAMÍLIAS DE DINOSSAUROS

Os cientistas procuram agrupar os dinossauros em famílias, cujos membros compartilham características comuns. Os nomes dos dinossauros, geralmente em grego antigo ou latim, muitas vezes se baseiam em suas características mais distintivas.

VOCÊ SABIA?

A era Mesozoica — o tempo dos dinossauros — durou cerca de 186 milhões de anos. Nem todos os dinossauros que você vai ver neste livro viveram ao mesmo tempo ou no mesmo lugar.

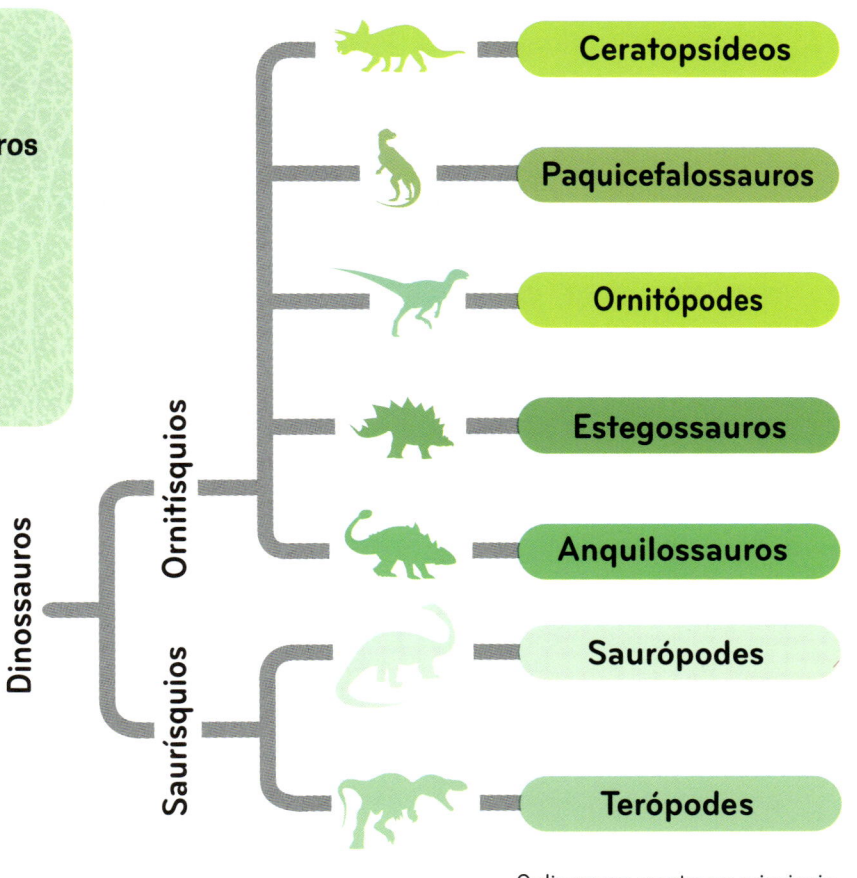

O diagrama mostra as principais famílias de dinossauros.

O primeiro dinossauro

O dinossauro mais antigo que se conhece talvez seja o eoraptor, que viveu na América do Sul há 230 milhões de anos.

Esse dinossauro carnívoro tinha cerca de um metro de comprimento e pertencia ao grupo dos saurísquios. É possível que haja existido um tipo anterior de dinossauro, que fez o elo entre peixes e animais terrestres.

O eoraptor é um dos primeiros dinossauros conhecidos.

TERÓPODES

Os terópodes eram dinossauros carnívoros. A maioria deles caçava outros tipos de dinossauros, mas alguns se alimentavam de insetos, peixes ou outros animais de pequeno porte. A palavra grega "terópode" significa "pé de fera".

A família dos terópodes

Os enormes e poderosos tiranossauros, alossauros e megalossauros eram tipos de terópodes, assim como outros dinossauros menores, incluindo o deinonico e o compsognato. Seus restos fossilizados foram encontrados em todo o mundo.

Rápidos, fortes e ágeis

Os terópodes eram rápidos, fortes e ágeis. Ao se levantar sobre as patas traseiras podiam correr bem rápido, usando a cauda para se equilibrar. E junto com suas garras afiadas, isso os tornava excelentes caçadores. O estrutiomimo era um dos dinossauros mais rápidos e poderia ter sido capaz de atingir velocidades de cerca de 45 km/h.

Os terópodes eram dinossauros carnívoros com garras muito afiadas.

O estrutiomimo era um dos dinossauros mais rápidos.

SAURÓPODES

Os maiores dinossauros de todos eram da família dos saurópodes. Esses enormes herbívoros viviam em planícies abertas no mundo todo, e estavam entre os primeiros dinossauros a aparecer na Terra, durante o período Triássico Superior.

Este sismossauro é capaz de equilibrar seu longo pescoço com a cauda.

PESCOÇOS COMPRIDOS

Ninguém sabe muito bem por que os saurópodes tinham pescoços tão compridos. Eles passavam a maior parte do dia comendo folhas e plantas, por isso, é provável que seus pescoços lhes permitissem alcançar o topo das árvores mais altas e introduzir-se entre os troncos de árvores de florestas densas.

PROTEGIDO DOS ATAQUES

Pensa-se que os saurópodes evoluíram e se tornaram tão grandes porque sua grande dimensão os protegeria do ataque de dinossauros caçadores. Até mesmo o maior caçador tinha apenas um décimo do tamanho de um saurópode adulto.

Argentinossauro

EQUILÍBRIO

Alguns saurópodes mantinham o pescoço na posição vertical, como uma girafa, ao passo que outros o mantinham na horizontal, usando a cauda para se equilibrar.

ANQUILOSSAUROS

Os anquilossauros eram uma família de dinossauros encouraçados cobertos de espinhos e placas ósseas que cresciam na pele. Alguns até tinham uma cauda em forma de porrete!

Corpo encouraçado

Um anquilossauro só poderia realmente se machucar se capotasse. Sua barriga macia era a única parte desprotegida de seu corpo encouraçado.

DENTES SEM CORTE

Os anquilossauros tinham dentes pequenos e sem corte, o que levou os cientistas a pensar que comiam frutos e plantas macios que não precisavam de muita mastigação.

Este crânio de anquilossauro mostra os pequenos dentes cegos.

DEFESA

Quando o anquilossauro tinha um porrete ósseo na extremidade da cauda, podia balançá-lo contra um predador como um meio de defesa. Não era fácil se aproximar desses dinossauros de duas toneladas!

CERATOPSÍDEOS

O nome "ceratopsídeo" significa "face com chifre". A maioria dos ceratopsídeos tinha chifres longos e afiados que cresciam na face ou na parte de trás do crânio. O tricerátopo é, provavelmente, o ceratopsídeo mais conhecido.

Chifres enormes

Os ceratopsídeos tinham um ou três chifres apontando para frente. O estiracossauro tinha um chifre apontando para frente e outros chifres que cresciam na parte de trás do crânio. O torossauro tinha o maior crânio que qualquer outro animal terrestre que já viveu. Seu crânio tinha mais de 2,5 m de comprimento, grande e forte o suficiente para carregar os chifres de 1,5 m de comprimento.

Estiracossauro

BOCA EM FORMA DE BICO

Os ceratopsídeos eram herbívoros. Pensa-se que viviam em manadas, pastando em vegetação e árvores baixas. Sua boca tinha a forma do bico de um papagaio de hoje, mais atrás tinha dentes afiados e cortantes.

Como outros ceratopsídeos, o psitacossauro tinha uma boca em forma de bico.

Líder da manada

Lesões encontradas em crânios de ceratopsídeos mostram que esses dinossauros lutavam entre si enroscando e travando seus chifres, assim como fazem os veados hoje em dia. Essas lutas decidiam qual ceratopsídeo lideraria a manada.

ORNITÓPODES

Os ornitópodes eram um grande grupo de dinossauros herbívoros. A palavra "ornitópode" significa "pé de pássaro". Esses dinossauros receberam esse nome porque deixavam pegadas que pareciam de pássaros gigantes.

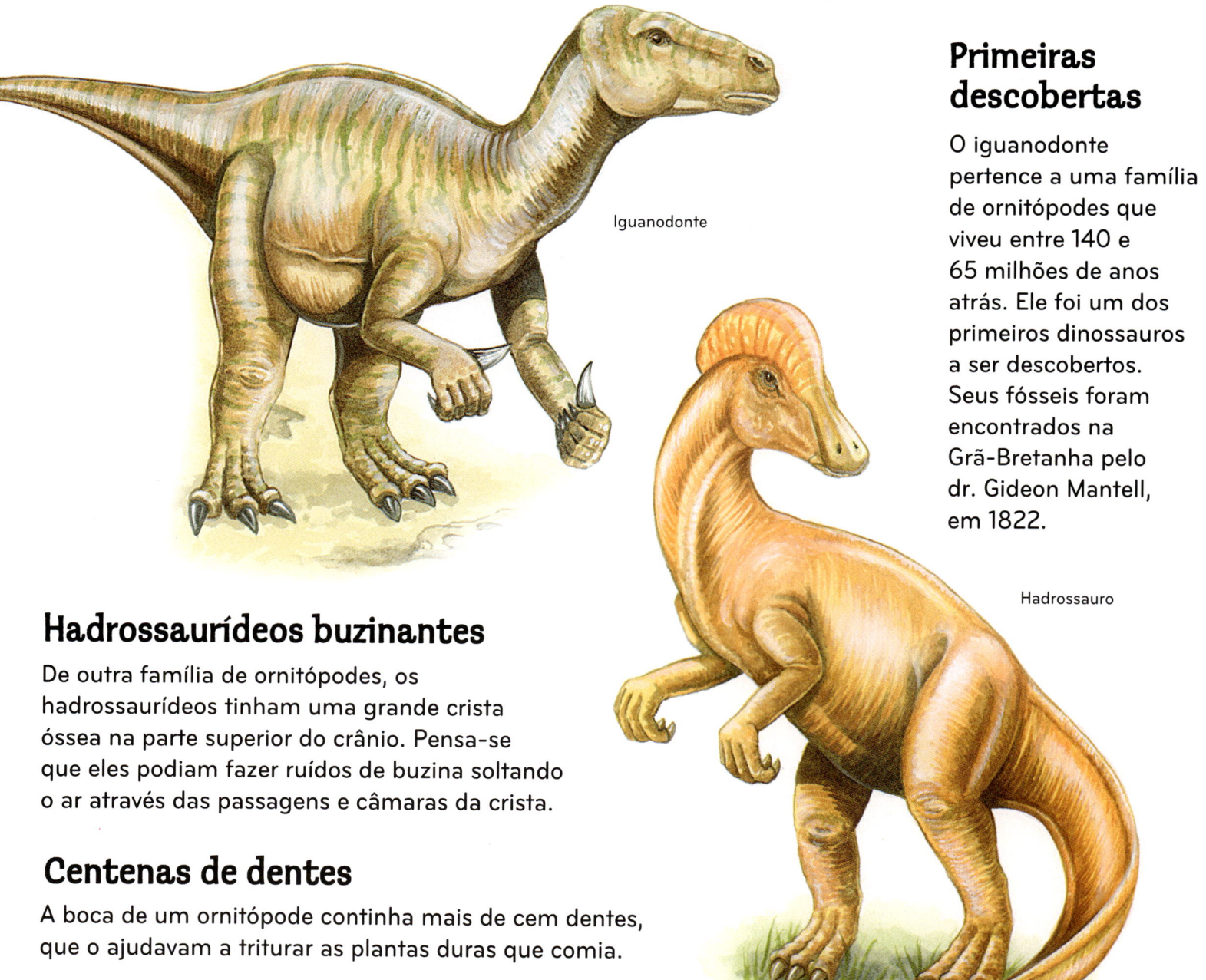

Iguanodonte

Hadrossauro

Primeiras descobertas

O iguanodonte pertence a uma família de ornitópodes que viveu entre 140 e 65 milhões de anos atrás. Ele foi um dos primeiros dinossauros a ser descobertos. Seus fósseis foram encontrados na Grã-Bretanha pelo dr. Gideon Mantell, em 1822.

Hadrossaurídeos buzinantes

De outra família de ornitópodes, os hadrossaurídeos tinham uma grande crista óssea na parte superior do crânio. Pensa-se que eles podiam fazer ruídos de buzina soltando o ar através das passagens e câmaras da crista.

Centenas de dentes

A boca de um ornitópode continha mais de cem dentes, que o ajudavam a triturar as plantas duras que comia.

PAQUICEFALOSSAUROS

Quando um denso crânio foi encontrado em 1940, os cientistas não sabiam a que tipo de dinossauro pertencia. Agora se sabe que pertencia a um paquicefalossauro, uma das últimas famílias de dinossauros que viveram na Terra.

BATE-CABEÇA

A palavra "paquicefalossauro" significa "lagarto de cabeça grossa". Pensa-se que esses dinossauros batiam a cabeça no adversário ao lutar, e assim, precisavam de um crânio duro para proteger o cérebro. O vencedor da luta provavelmente passava a liderar a manada.

É possível que os paquicefalossauros batessem a cabeça um no outro durante a luta.

Dinossauros das montanhas

Os cientistas acham que os paquicefalossauros viviam em áreas montanhosas, onde os fósseis não se formam facilmente. Esse pode ser o motivo de não terem encontrado muitos restos fossilizados até o momento.

TRICERÁTOPOS

O tricerátopo era membro da família dos ceratopsídeos. A palavra "tricerátopo" significa "cabeça com três chifres". Esse dinossauro recebeu esse nome por causa dos três chifres afiados que cresciam em seu crânio. O folho do pescoço era uma sólida placa óssea.

Os tricerátopos se pareciam com o rinoceronte moderno.

"O REI DOS COLECIONADORES"

Em 1889, um cientista chamado John Bell Hatcher encontrou os ossos fossilizados de trinta tricerátopos em Wyoming, Estados Unidos. Um de seus achados continha o primeiro crânio do tricerátopo a ser descoberto. Ele pesava 3107 kg — o peso de uma fêmea de elefante — e teve que ser arrastado por cavalo e carroça. Hatcher ficou conhecido como "O rei dos colecionadores".

RINOCERONTE PRÉ-HISTÓRICO

O maior tipo de tricerátopo foi o *Triceratops horridus*, que significa "enrugada cabeça com três chifres". Esse dinossauro chegava aos nove metros de comprimento e podia pesar seis toneladas. Em muitos aspectos, parecia-se com o rinoceronte de hoje, e pode ter levado um estilo de vida similar.

TIRANOSSAUROS REX

Quando os fósseis de tiranossauro foram encontrados, em 1902, era o maior caçador já descoberto. Recebeu o nome de "tiranossauro rex", que significa "rei dos lagartos tiranos". O tiranossauro rex era membro da família dos terópodes.

Tiranossauro rex, um dinossauro carnívoro assustador.

Dinossauro caçador

O tiranossauro rex tinha cerca de 14 m de comprimento e pesava cerca de 6 toneladas. Seu crânio era enorme, com 1,5 m de comprimento. Durante cem anos depois que seus fósseis foram encontrados, o tiranossauro ocupou o primeiro lugar como o maior de todos os terópodes — dinossauros caçadores — conhecidos.

Dentes serrilhados

Nos tiranossauros, os dentes que quebravam ou caíam nas lutas eram substituídos por novos. Cada dente crescia até cerca de vinte centímetros de comprimento e era serrilhado (como uma faca) para que pudesse cortar a carne e esmigalhar os ossos com facilidade.

MORDIDA PODEROSA

O tiranossauro podia fechar suas mandíbulas com três vezes mais força que um leão de hoje.

Cada dente do tiranossauro crescia até cerca de 20 cm de comprimento.

GIGANOTOSSAUROS

Quando os fósseis de giganotossauro foram encontrados, ficou claro que pertenciam a um grande dinossauro caçador. Os cientistas deram à nova criatura o nome de "giganotossauro" ("lagarto gigante do sul"). Ele era membro da família dos terópodes.

Esse predador terrível viveu na América do Sul há cerca de 95 milhões de anos.

O giganotossauro tinha dentes afiados como uma navalha.

Cérebro de banana

Com cerca de 1,8 m de comprimento, o crânio era mais longo que um homem, e os dentes cortavam como uma tesoura. Assim como outros grandes dinossauros, o giganotossauro tinha um cérebro pequeno, da forma e do tamanho de uma banana!

REI DOS DINOSSAUROS

O giganotossauro media cerca de 13 m de comprimento e 5,5 m de altura. Ele pesava cerca de 8 toneladas.

Cérebro do tamanho de uma banana

BRAQUIOSSAUROS

Membro da família dos saurópodes, o braquiossauro era um dos dinossauros mais altos e mais pesados de todos.

Suas patas tinham que suportar seu enorme peso, e excepcionalmente para um dinossauro, suas patas traseiras eram mais curtas que as dianteiras.

O braquiossauro era um dos dinossauros mais altos e mais pesados de todos.

BEBÊ AQUÁTICO
Outra teoria sugeria que o braquiossauro vivia na água e usava suas narinas como um snorkel, mas os cientistas já não acreditam nisso.

ISSO CHEIRA BEM!
O braquiossauro tinha um par de narinas grandes no topo da cabeça. Os cientistas acreditam que ele as usaria para farejar comida boa para comer.

PESO-PESADO
O braquiossauro podia chegar a 28 m de comprimento, cerca de 13 m de altura e até 80 toneladas — que é o mesmo que dezesseis elefantes africanos!

ESTEGOSSAUROS

O estegossauro é o maior e mais conhecido dinossauro da família stegosauria. Ele chegava a cerca de dez metros de comprimento, cinco metros de altura e pesava até cinco toneladas.

Forma incomum

O estegossauro era um dinossauro incomum, pois tinha patas dianteiras curtas, patas traseiras compridas e costas arqueadas, e andava com a cabeça próxima ao chão.

O estegossauro tinha uma forma incomum.

Cauda espinhenta

Acredita-se que o estegossauro balançava o rabo cheio de espinhos de um lado para o outro para assustar os potenciais predadores. Provavelmente, ele usava sua cauda para ajudar a se equilibrar quando se erguia para comer.

CAMINHANDO

Como o estegossauro era tão grande e pesado, a maioria dos cientistas acha que ele andava de quatro. No entanto, é possível que ele conseguisse se elevar sobre as patas traseiras a fim de alcançar as folhas para comer.

Lagarto telhado

A palavra "estegossauro" significa "lagarto telhado" e se refere às grandes placas ósseas e espinhos que se encontravam ao longo das costas de muitos desses dinossauros.

As costas de um estegossauro tinham uma dupla fileira de placas ósseas em toda sua extensão.

O estegossauro tinha um cérebro minúsculo — incomum para esses grandes animais.

PLACAS ÓSSEAS

Ninguém sabe ao certo por que os estegossauros tinham uma dupla fileira de placas ósseas. Pode ser que elas ajudassem a controlar sua temperatura, aquecendo-o rapidamente ao se expor ao sol. Talvez as placas fossem utilizadas para atrair um companheiro, ou podem ter servido para ajudar a proteger o dinossauro dos predadores.

CÉREBRO MINÚSCULO

O estegossauro mais conhecido tinha um cérebro pequeno, do tamanho de uma noz. Considerando-se que esse dinossauro tinha o comprimento de um ônibus de dois andares, o tamanho de seu cérebro era muito incomum. Os cientistas agora acham que o minúsculo cérebro do estegossauro poderia ter sido auxiliado por um grupo especial de nervos perto dos quadris. Esses nervos poderiam controlar as patas traseiras e a cauda.

EXTINÇÃO

Durante a era Mesozoica os dinossauros foram os maiores e mais importantes animais terrestres. Hoje não existem dinossauros vivos; todos foram extintos.

Desaparecidos da Terra

Os dinossauros foram extintos no fim do período Cretáceo, há cerca de 66 milhões de anos. Eles desapareceram de todos os continentes mais ou menos ao mesmo tempo.

Desaparecidos para sempre

Como a idade dos fósseis só pode ser determinada com uma margem de milhões de anos, não é possível dizer se os dinossauros foram extintos subitamente ou ao longo de milhares de anos. Uma vez que uma espécie animal se extingue, é para sempre.

Curto período de tempo

Nenhum dos fósseis de dinossauros descobertos até agora são datados após o fim do período Cretáceo. Assim, parece que todos os dinossauros morreram durante um período curto de tempo.

Pistas em âmbar-amarelo

Insetos sugadores de sangue, como os mosquitos, alimentavam-se do sangue dos dinossauros, da mesma forma como hoje se alimentam do sangue de animais. Às vezes, esses insetos ficavam presos na resina pegajosa das árvores. Essa resina, então, endurecia e formava o âmbar-amarelo, com o inseto preservado dentro. Um dia, talvez os cientistas poderão ser capazes de recriar os dinossauros utilizando a informação contida no DNA extraído do sangue que esses insetos pré-históricos sugaram!

Um inseto sugador de sangue...   fica preso na resina...

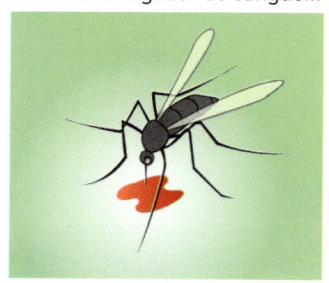
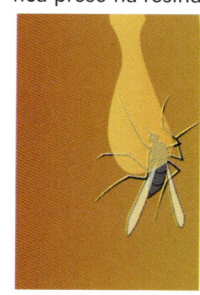

que endurece e forma o âmbar-amarelo.

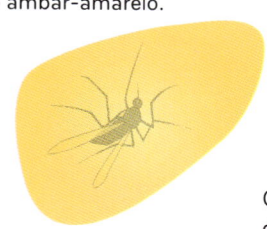

Os cientistas poderiam ser capazes de recriar dinossauros utilizando amostras de DNA.

Meteoro gigante

Os paleontologistas buscam pistas para tentar descobrir por que os dinossauros morreram. Uma teoria sugere que um meteoro gigante atingiu a Terra, fazendo que a poeira bloqueasse o sol. As plantas teriam morrido sem a luz do sol, os dinossauros herbívoros teriam morrido por falta de comida, e a seguir, os carnívoros teriam ficado sem nada para comer.

Alguns cientistas acham que um meteoro gigante atingiu a Terra e fez que os dinossauros morressem.

Os pterossauros foram extintos ao mesmo tempo que os dinossauros.

Outras ideias

Outros paleontologistas acham que talvez doenças tenham matado os dinossauros, ou que se desenvolveram novos tipos de plantas que os dinossauros não conseguiam digerir.

Não só os dinossauros

Muitos outros grupos de animais desapareceram na mesma época em que os dinossauros foram extintos. Os pterossauros morreram, assim como os répteis marinhos e vários tipos de crustáceos.

Como montar seu esqueleto de
DINOSSAURO

Basta seguir os passos para completar seu incrível esqueleto de dinossauro. Quando as instruções se referirem a esquerda ou direita do dinossauro, pense que ele está voltado para você. Junte as peças em ordem numérica, começando pelo número 1.

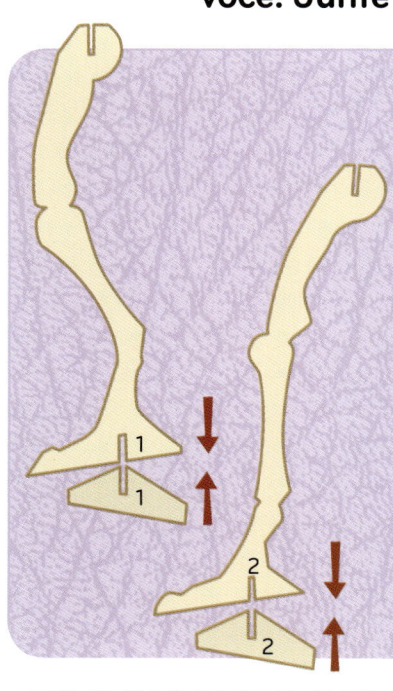

1. Pegue a primeira pata e encaixe a fenda 1 na fenda 1 da peça de apoio da pata. Pegue a outra pata e encaixe a fenda 2 na fenda 2 da outra peça de apoio da pata.

2. Agora encaixe cuidadosamente as patas, junto com suas peças de apoio, firmemente na base, como mostra a imagem. Para juntar as patas, pegue o conector do quadril e encaixe a fenda 5 na fenda 5 da pata, e a fenda 6 na fenda 6.

3. A seguir vêm os ossos da pelve. Pegue a pelve direita e encaixe a fenda 7 na fenda 7 do conector do quadril. A seguir, encaixe a fenda 8 da pelve esquerda na fenda 8 do conector do quadril.

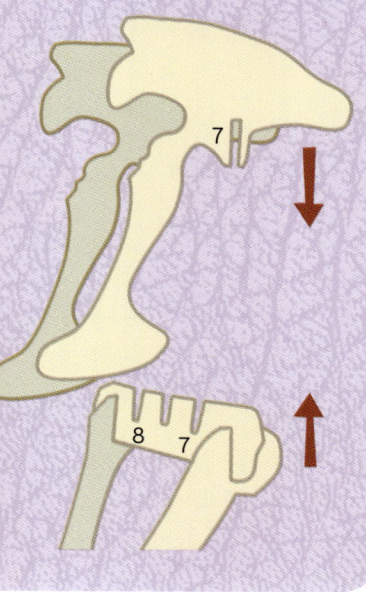

4. Pegue a coluna e encaixe a fenda 9 na fenda 9 do conector do quadril.

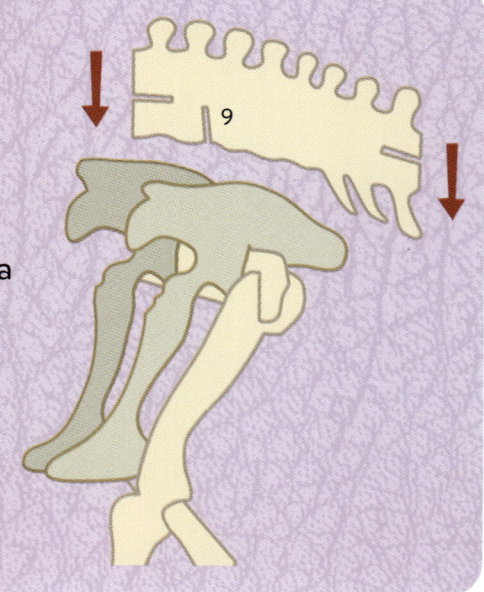

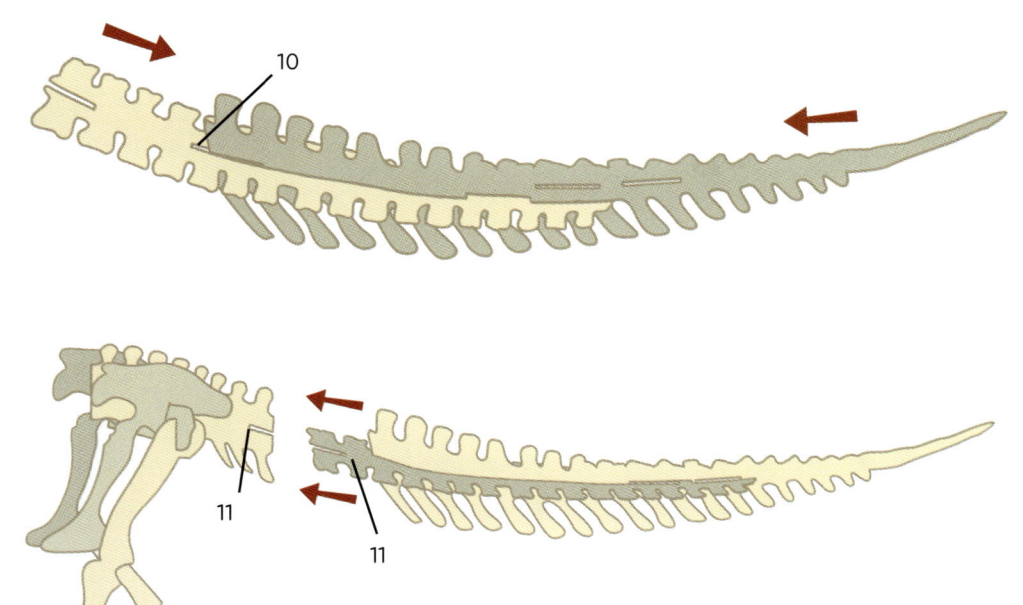

5. Para montar a cauda do dinossauro, pegue a peça da cauda e o conector da cauda e junte-os, encaixando a fenda 10 da cauda na fenda 10 do conector da cauda. Certifique-se de que os lados estejam bem encaixados nas duas fendas da extremidade da cauda para fixá-la firmemente. Conecte a cauda ao corpo encaixando a fenda 11 na fenda 11 da coluna.

6. Agora vamos à parte da frente do dinossauro. Pegue o pescoço e encaixe a fenda 12 na fenda 12 do conector dos braços para fixá-lo no lugar.

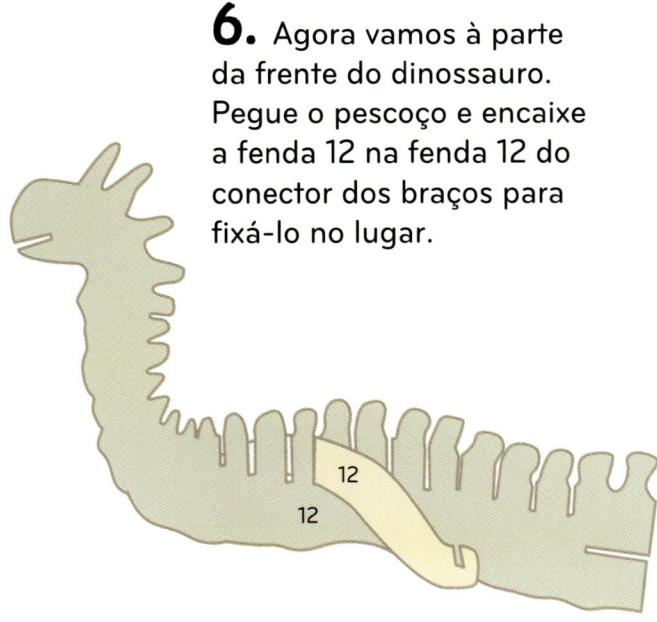

7. Agora, as costelas. Comece pela frente do pescoço e encaixe a fenda 13 da primeira costela na fenda 13 do pescoço. Siga em direção à cauda, encaixando todas as costelas de 14 a 23 nas respectivas fendas do pescoço.

8. Pegue o conector da cabeça e encaixe a fenda 24 na fenda 24 do pescoço.

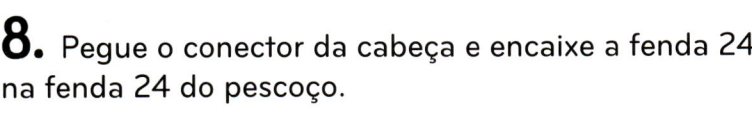
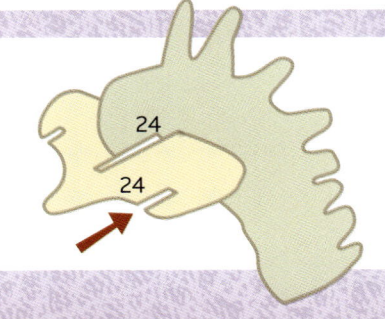

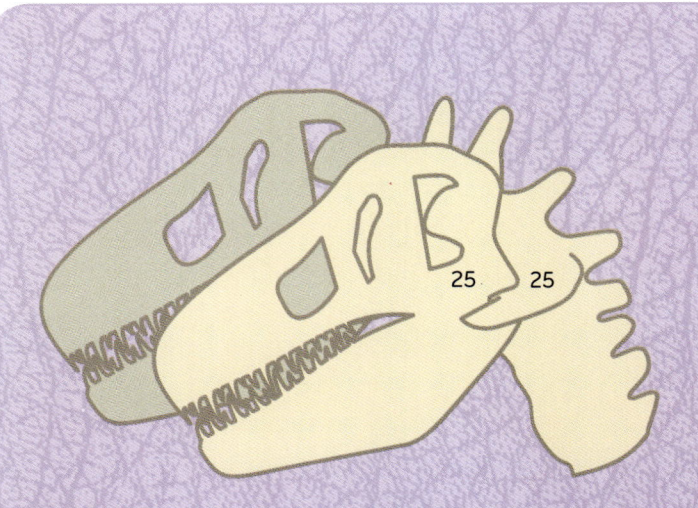

9. Para a cabeça do dinossauro, pegue a peça da cabeça direita e encaixe a fenda 25 na fenda 25 do conector da cabeça. A seguir, pegue a cabeça esquerda e encaixe a fenda 26 na fenda 26 do conector da cabeça.

10. Acrescente os ombros, encaixando a fenda 27 do ombro direito na fenda 27 do conector dos braços. Em seguida, encaixe a fenda 28 do ombro esquerdo na fenda 28 do conector dos braços.

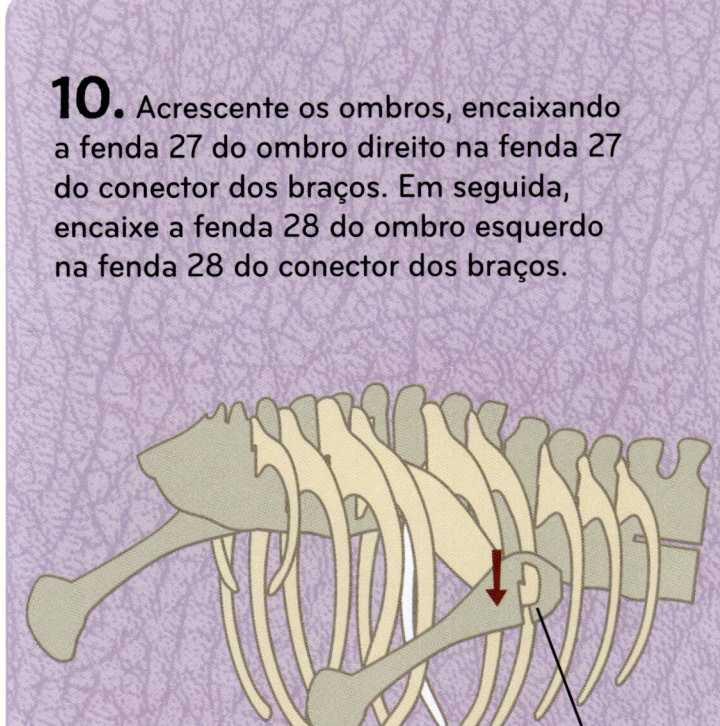

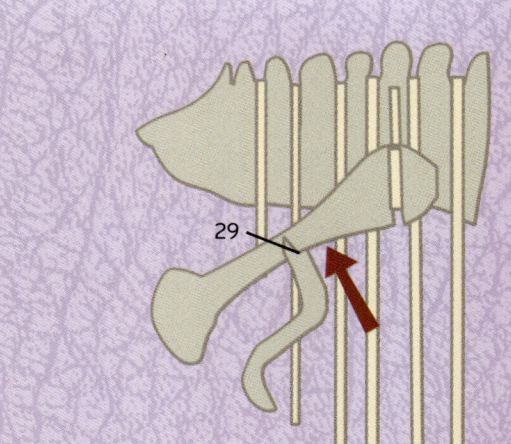

11. Acrescente os braços, encaixando-os nos ombros. A fenda 29 do braço direito encaixa na fenda 29 do ombro direito, e a fenda 30 do braço esquerdo encaixa na fenda 30 do ombro esquerdo. Dobre ligeiramente os ombros para dentro.

12. Pegue o conector do pescoço e encaixe a fenda 31 na fenda 31 do pescoço.

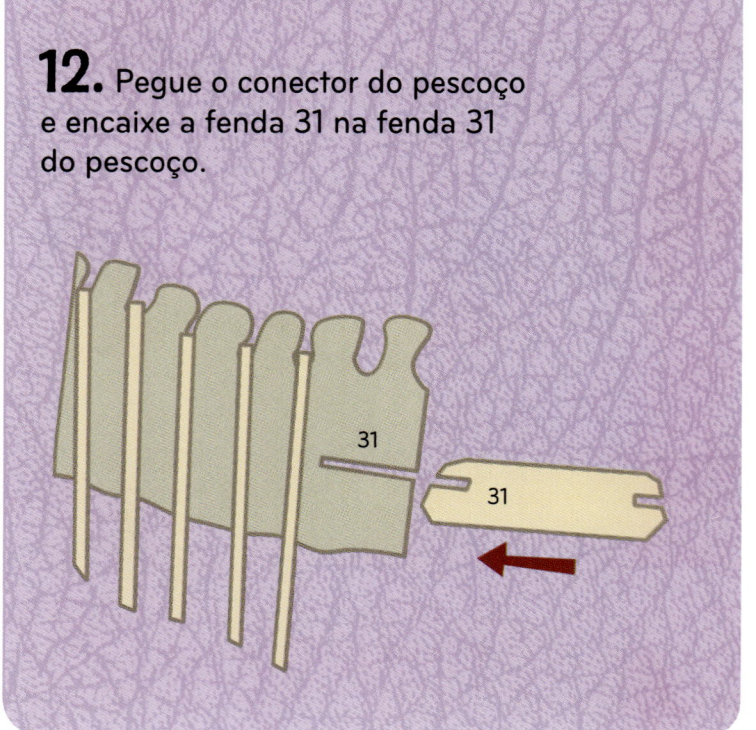

13. Para juntar a metade dianteira do dinossauro à metade traseira, simplesmente encaixe a fenda 32 do conector do pescoço na fenda 32 da coluna.

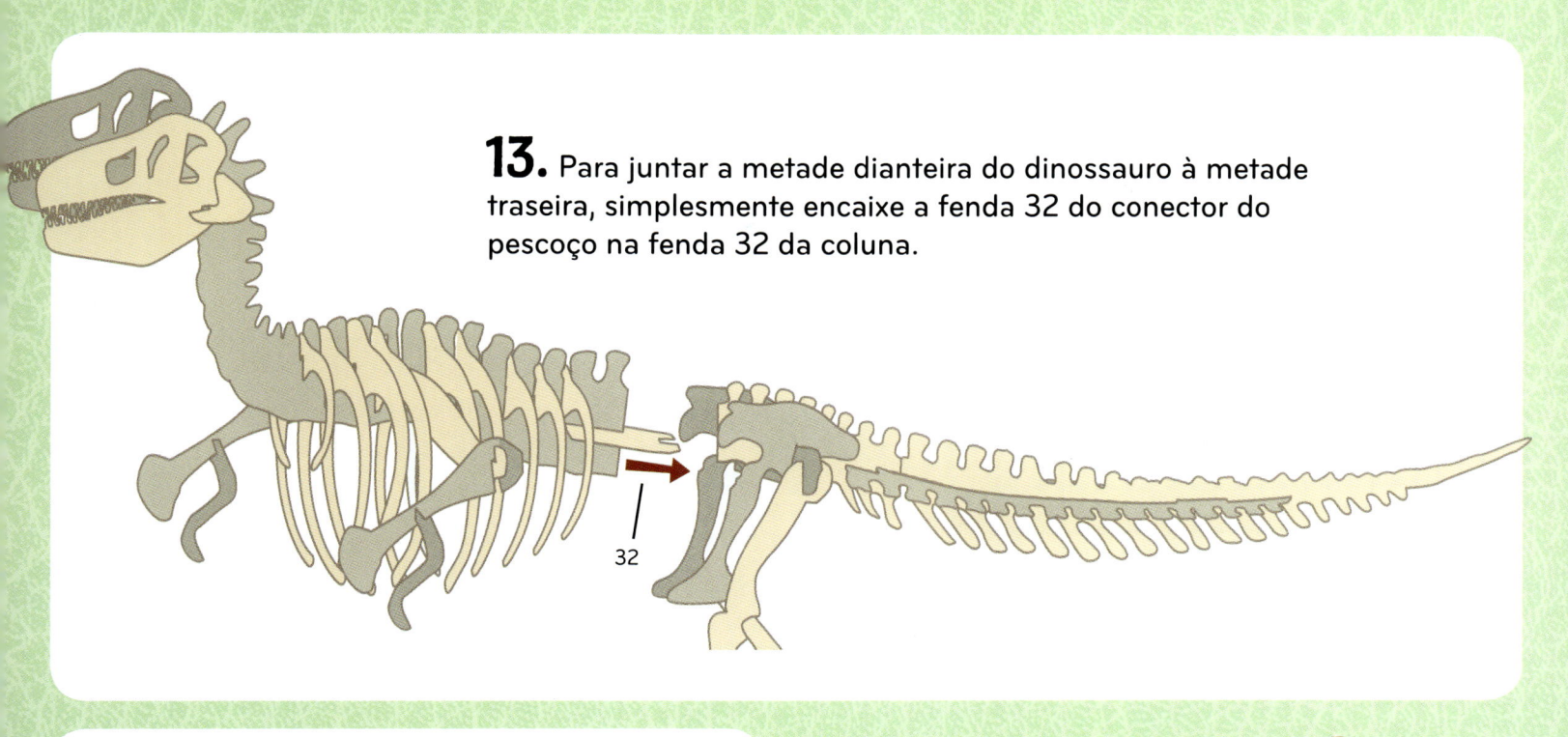

14. Para completar seu dinossauro, encaixe o suporte da cauda na peça de conexão, certificando-se de que a fenda 33 encaixe na marquinha de número 33. A fenda 34 da peça de conexão encaixa na fenda 34 da coluna.

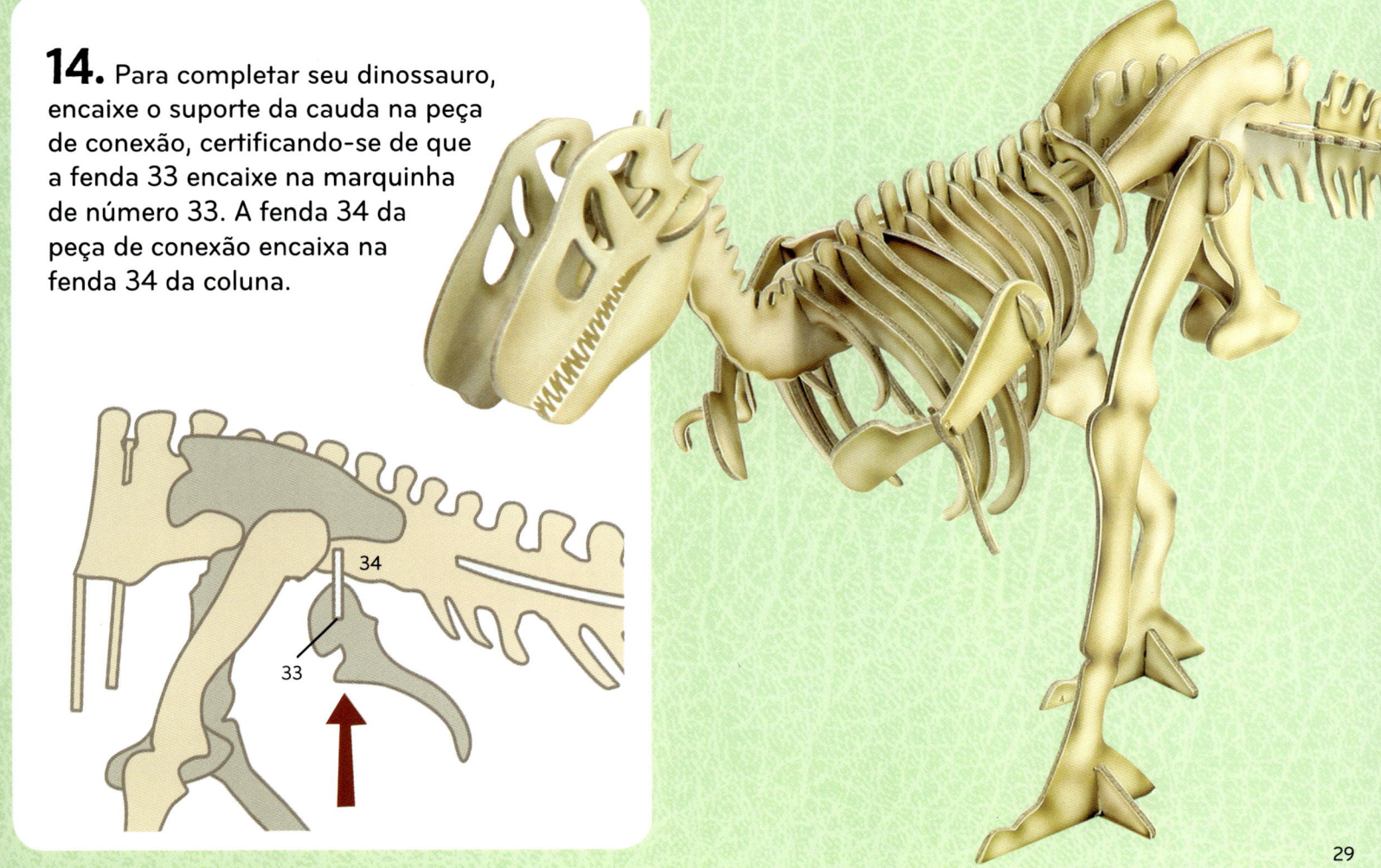

Fatos sobre os DINOSSAUROS

DINOSSAUROS EMPLUMADOS

Muitos terópodes menores eram cobertos de penas. Pensa-se que as penas os mantinham aquecidos. Agora os cientistas acham que alguns dos dinossauros maiores também tinham penas, que evoluíram para escamas.

Dinossauro do Cretáceo

O giganotossauro viveu na América do Sul há cerca de 95 milhões de anos, durante o período Cretáceo.

Giganotossauro

Foi o maior animal carnívoro que já andou pela Terra. Tinha mais de catorze metros de comprimento e pesava cerca de oito toneladas.

Placas ósseas

As grandes placas ósseas do estegossauro talvez tenham tido a capacidade de mudar de cor, como sinalização para outros membros da manada.

CELÓFISE
Alguns tipos de caçadores comiam outros dinossauros de caça. Na verdade, o celófise comia até outro celófise — ele não era muito amigável!

DESCOBRIDOR DE ALIMENTOS
O braquiossauro tinha uma garra no pé da frente, que poderia ter sido usada para escavar em busca de comida.

O último dinossauro
Apesar das semelhanças faciais, o tricerátopo adulto teria sido muito maior que nossos rinocerontes modernos! O tricerátopo foi um dos últimos dinossauros. Depois dele não houve mais dinossauros vivendo em qualquer lugar na Terra.

DINOSSAUROS HOJE!

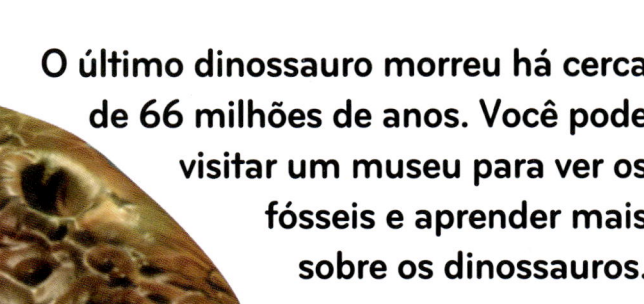

O último dinossauro morreu há cerca de 66 milhões de anos. Você pode visitar um museu para ver os fósseis e aprender mais sobre os dinossauros.

Vivos ainda hoje

Algumas criaturas da Terra são parentes dos dinossauros. Os cientistas ainda acreditam que as aves evoluíram dos dinossauros!

A supremacia dos mamíferos

Na época dos dinossauros, os mamíferos eram pequenos e raros. Depois que os dinossauros foram extintos, a quantidade de mamíferos começou a aumentar e eles evoluíram para os diversos tipos que conhecemos hoje. Agora os mamíferos governam o mundo, como os dinossauros em seu tempo.